Stefanie Wülfing

Böses Erwachen in Heidelberg

Deutsch als Fremdsprache

A2 – B1

Ernst Klett Sprachen
Stuttgart

Bildquellennachweis

Umschlag Imago (Imagebroker/Waldhäusl), Berlin; **8** Imago (Imagebroker/Waldhäusl), Berlin; **10** Institut für Geowissenschaften Ruprecht-Karls-Universität, Heidelberg; **12** Lossen Fotografie, Heidelberg; **14** Imago (Christine Roth), Berlin; **15** Fotolia LLC (Frankwalker.de), New York; **16.1** iStockphoto (Marco Maccarini), Calgary, Alberta; **16.2** shutterstock (VIPDesignUSA), New York, NY; **18.1** Fotolia LLC (Frankwalker.de), New York; **19** Lossen Fotografie, Heidelberg; **20.1** Corbis (Greg Dale/National Geographic Society), Düsseldorf; **20.2** Corbis (Atlantide Phototrave), Düsseldorf; **21** Deutsches Apotheken-Museum, Heidelberg; **34** Theater und Orchester Heidelberg, Heidelberg; **35.1** AKG (Bildarchiv Monheim), Berlin; **35.2** Wikimedia Foundation Inc. (Claus Ableiter), St. Petersburg FL; **37** Lossen Fotografie, Heidelberg; **38** Fotolia LLC (Frankwalker.de), New York; **40** Corbis (Greg Dale/National Geographic Society), Düsseldorf

Sollte es einmal nicht gelungen sein, den korrekten Rechteinhaber ausfindig zu machen, so werden berechtigte Ansprüche selbstverständlich im Rahmen der üblichen Regelungen abgegolten. Die Positionsangabe der Bilder erfolgt je Seite von oben nach unten, von links nach rechts.

1. Auflage 1 11 10 9 8 7 | 2028 27 26 25 24

www.klett-sprachen.de

Redaktion: Jutta Klumpp-Stempfle, Achim Seiffarth
Ansprechpartnerin Redaktion: Eva Neustadt
Umschlaggestaltung: Sandra Vrabec
Illustrationen: Sven Palmowski, Barcelona
Satz: Eva Mokhlis, Swabianmedia, Stuttgart
Tonregie und Schnitt: Bauer Tonstudios GmbH, Ludwigsburg
Sprecherin: Ella Werner
Druck und Bindung: Elanders GmbH, Waiblingen

Printed in Germany
ISBN 978-3-12-556043-7

Böses Erwachen in Heidelberg

Alles Digitale zu diesem Buch kann auf der Lernplattform **allango** von Ernst Klett Sprachen abgerufen werden. So geht's:

QR-Code scannen oder **www.allango.net** aufrufen	Buchtitel oder ISBN in der Suche eingeben und auf das Buchcover klicken	Zum Inhalt navigieren, direkt abrufen oder speichern

Zu diesem Buch auf allango verfügbar: **Hörkrimi.**

Inhalt

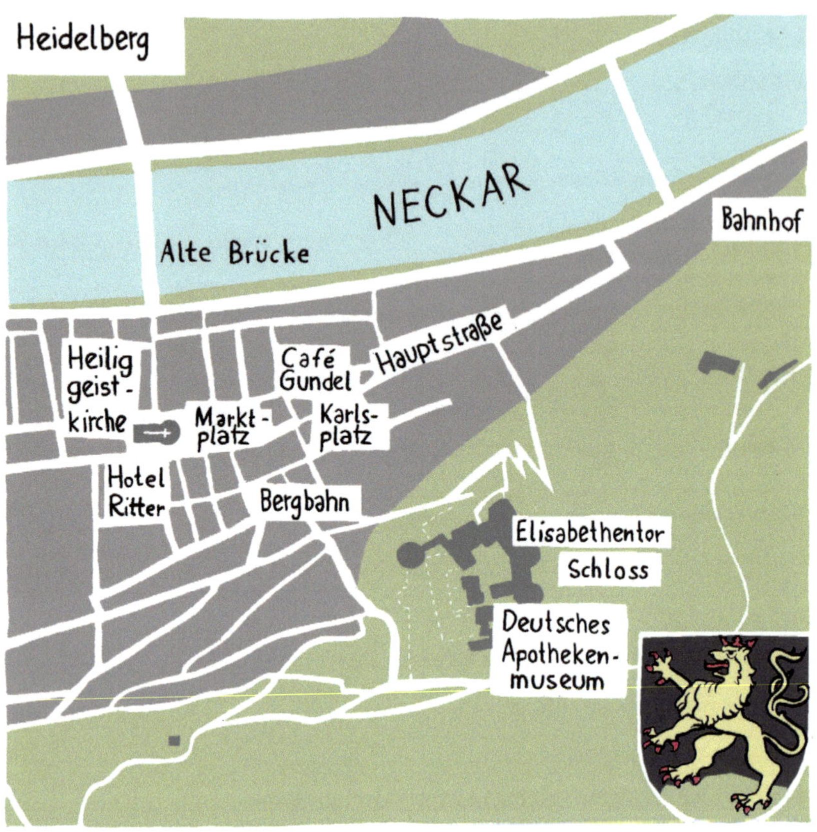
Heidelberg
NECKAR
Alte Brücke
Bahnhof
Hauptstraße
Heilig
geist-
kirche
Café
Gundel
Markt-
platz
Karls-
platz
Hotel
Ritter
Bergbahn
Elisabethentor
Schloss
Deutsches
Apotheken-
museum

Personen

Emma Mörk, 32, kommt aus Norwegen und ist Apothekerin. Emma freut sich auf eine Woche Urlaub bei ihrer Cousine Beate in Stuttgart. Sie spricht sehr gut Deutsch, denn sie war vor ihrem Studium für ein Jahr Au-Pair-Mädchen in einer deutschen Familie in Heidelberg.

Klaus Vogt, 72 Jahre alt, Professor für Paläontologie. Professor Vogt ist schon lange pensioniert, aber er redet immer noch sehr gerne von seiner Arbeit.

Dr. Rudolf Kuhn, 45 Jahre alt. Er ist Zahnarzt von Beruf. Paläontologie ist sein Hobby. Er hat in Heidelberg studiert.

Inge Schmidt ist 42 Jahre alt und erzieht ihre Tochter alleine. Sie arbeitet als Aufsicht im „Deutschen Apothekenmuseum" und fühlt sich oft müde und gestresst.

Beate Beck, 45, Cousine von Emma Mörk – und eine sehr gute Freundin. Auch sie freut sich, dass Emma für eine Woche nach Stuttgart kommt.

Heidelberg im Schnee

1

Emma Mörk schaut aus dem Fenster. Gerade kommt ihr Zug in Heidelberg an.

„So etwas habe ich hier ja noch nie gesehen ...!“ Emma staunt. Alles ist weiß. Überall - auf den Dächern, auf den Bäumen ... - liegt Schnee.

„Ob es in Stuttgart auch so viel geschneit hat?“, überlegt Emma. In Stuttgart wohnt Beate Beck, die Cousine von Emma. Die beiden sind sehr gute Freundinnen. Leider können sie sich nicht so oft sehen, denn Emma lebt und arbeitet in Norwegen. Aber jetzt hat sie eine Woche Urlaub. Ihr Flugzeug ist vor zwei Stunden in Frankfurt gelandet. In einer halben Stunde wird sie bei Beate sein. Emma freut sich. In den letzten Wochen hat sie viel gearbeitet.

3 **staunen** überrascht sein

„Endlich frei! Erst einmal ankommen und ausschlafen …“ Sie gähnt. „Und vielleicht fahren wir ja auch mal nach Heidelberg …“

*

Emma sieht wieder aus dem Fenster. Es hat angefangen zu schneien.

„Achtung, Achtung, eine wichtige Durchsage! Wegen des Schnees kann der Zug leider nicht weiterfahren. Bitte haben Sie etwas Geduld! Wir informieren Sie so bald wie möglich.“

„Wie bitte?“ Emma kann nicht glauben, was sie gerade gehört hat. „Was passiert jetzt?“, fragt sie sich laut.

„Na, nichts …“, meint der freundliche ältere Herr, der Emma gegenüber sitzt. „Der Zug kann im Moment nicht weiterfahren. Das passiert in diesem Winter oft … Es schneit zu viel.“ Er lächelt Emma an. „Aber machen Sie sich keine Sorgen. Normalerweise geht es schnell weiter.“

„Fahren Sie häufig mit dem Zug?“, fragt Emma.

„Oh ja! Aber ich habe immer etwas zum Lesen dabei.“ Er hält eine Zeitschrift hoch.

Emma liest: ‚Anthropologie heute.‘

„Wie interessant!“, ruft Emma. „Sind Sie Anthropologe?“

„Na ja, nicht direkt. Ich bin Paläontologe …“ Der ältere Herr muss lachen. „Aber ich bin jetzt 72 Jahre alt und schon lange in Rente. Aber früher war ich Professor und habe viel geforscht.“ Der Mann sieht auf einmal ganz verträumt aus.

Emma lächelt. Sie findet den Professor sehr sympathisch.

1 **ausschlafen** so lange schlafen, bis man nicht mehr müde ist – 1 **gähnen** den Mund weit öffnen und Luft holen, weil man müde ist – 29 **geforscht** → **forschen** etwas untersuchen, analysieren – 30 **verträumt** aussehen, als ob man träumt

„Ich habe hier unterrichtet." Der Mann zeigt aus dem Fenster. „An der *Universität Heidelberg*. Kennen Sie *Heidelberg*?"

„Ja, sogar ganz gut!", antwortet Emma. „Ich habe hier Deutsch gelernt und in einer Familie als Au-Pair-Mädchen gearbeitet. Ich mag die Stadt sehr ..."

„Und ich habe hier in den 70er-Jahren den ‚Homo heidelbergensis' untersucht, wissen Sie ... Eine wirklich spannende Zeit!", erzählt der Professor.

„Homo hei...?", fragt Emma.

„‚Homo heidelbergensis'! Haben Sie noch nie etwas von dem ‚Heidelbergmenschen' gehört?" Der Professor sieht Emma überrascht an und beginnt mit seinem Unterricht.

„In der Nähe dieser Stadt wurde 1907 ein menschlicher Knochen gefunden, genauer gesagt, ein Unterkiefer. Er war mehr als 600 000 Jahre alt! Eine echte Sensation! Und sehr, sehr wertvoll ...!"

Emma hört dem Professor mit großen Augen zu.

„Und er ist immer noch hier ...?"

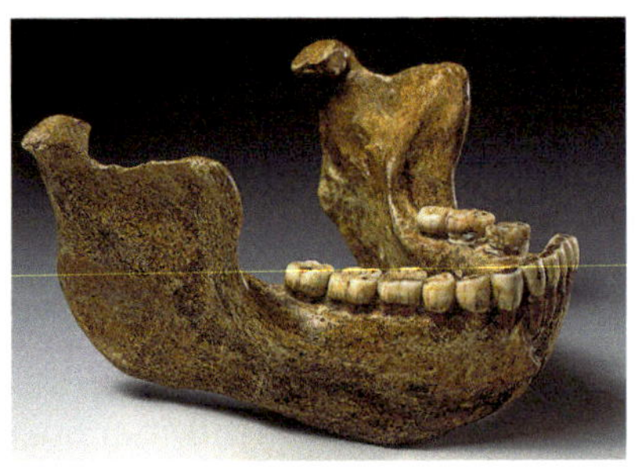

Der Professor schaut Emma an und erzählt weiter.

„Einmal sollte ich den Unterkiefer für eine Analyse in ein Labor nach *Frankfurt* bringen. Ich bin mit dem Zug gefahren, so wie jetzt auch. Aber das kostbarste Stück der menschlichen Geschichte lag auf dem Sitz neben mir. Verpackt in weißes Papier und in einer ganz normalen, schwarzen Stofftasche. Ich hatte die ganze Fahrt über Herzklopfen ..."

„Und dann?", fragt Emma.

„Zum Glück ist nichts passiert!" Der Professor lächelt. „Aber ich bin auch die ganze Zeit sitzen geblieben. Und ich musste wirklich dringend auf die Toilette ..." Er schüttelt lachend den Kopf. Auch Emma muss lachen.

13 **der Knochen** *hier:* ein fester, sehr harter Teil eines menschlichen Skeletts – 14 **der Unterkiefer** der untere Teil des Kopfes, den man z.B. beim Essen bewegen kann – 22 **das Labor** ein Raum, in dem Wissenschaftler Experimente machen – 25 **kostbar** *hier:* einmalig und daher sehr wertvoll

„Ach, Entschuldigung! Ich habe mich gar nicht vorgestellt. Mein Name ist Klaus Vogt.“ Er gibt Emma die Hand.

„Ich heiße Emma Mörk.“

„Sehr angenehm, Frau Mörk. Und was machen Sie hier? Wenn ich richtig verstanden habe, kommen Sie nicht aus Deutschland ...“

„Im Moment mache ich Urlaub! Meine Cousine wohnt in *Stuttgart* und ich ...“

Aber Professor Vogt hört Emma nicht mehr richtig zu. Immer wieder schaut er an ihr vorbei. Emma dreht sich um. In der Reihe hinter ihnen sitzt ein dünner, knochiger Mann mit dunklen Haaren und dunklen Augen. Er starrt Professor Vogt an. Als er merkt, dass Emma und Professor Vogt ihn auch ansehen, blättert er schnell in einem Prospekt.

„Wer ist das? Kennt Professor Vogt ihn vielleicht ...?“, denkt Emma. Sie fühlt sich plötzlich ganz komisch.

„Wie lange bleiben Sie in Deutschland?“, fragt Professor Vogt. Er sagt kein Wort über den Mann, der hinter ihnen sitzt.

„Eine Woche. Aber die letzte Zeit war sehr anstrengend ... Vielleicht mache ich die Augen zu und versuche ein wenig zu schlafen. Was meinen Sie, wann fahren wir weiter?“

„Das weiß ich nicht ...“ Professor Vogt zuckt mit den Schultern. Er nimmt wieder seine Zeitschrift. „Aber wenn wir in *Stuttgart* ankommen, wecke ich Sie.“

18 **anstarren** jemanden fest und intensiv ansehen – 33 **mit den Schultern zucken** die Schultern kurz nach oben ziehen

„Vielen Dank!“ Emma macht es sich auf ihrem Sitz bequem, legt sich ihre Jacke über die Beine und schaut wieder aus dem Fenster. Draußen schneit es immer mehr.

Emma macht die Augen zu. Viel geht ihr durch den Kopf. „Wer ist der Mann hinter uns? ... Und warum hat er den Professor so angesehen?“

Im Halbschlaf bemerkt sie plötzlich eine Bewegung. „Ist jemand an meiner Handtasche?“ Emma reißt die Augen auf. Aber alles ist wie vorher.

Professor Vogt sitzt ihr ruhig gegenüber und liest konzentriert in seiner Zeitschrift. Emma gähnt ...

„Ich sollte jetzt wirklich ein bisschen schlafen...“, denkt sie. Sie nimmt ihre Handtasche, stellt sie neben sich auf den Sitz und schläft sofort ein.

*

Aber sie schläft nicht gut. Immer wieder wacht sie auf, weil andere Reisende ... Und plötzlich ist sie fast alleine im Zugabteil. Auch der Professor ist weg.

„Komisch! Wieso hat er mich nicht geweckt ...?“ Schnell dreht sie sich um. Aber der Mann mit den dunklen Haaren ist auch nicht mehr da ... Irgendwie ist Emma froh darüber. Draußen schneit es immer noch.

„Bestimmt fährt der Zug nicht mehr weiter“, überlegt sie. „Warum bleibe ich heute nicht einfach in *Heidelberg*? Es ist erst 13.00 Uhr.“

Emma nimmt ihr Handy und ruft Beate an. Aber sie kann nur auf den Anrufbeantworter sprechen.

„Hallo Beate, hier ist Emma. Der Zug ist in *Heidelberg* stehen geblieben. Viel Schnee ... Ich komme erst morgen. Ruf mich bitte auf dem Handy an ... Also bis dann, tschüss!“

Emma nimmt ihren Koffer und ihre Handtasche und steigt aus.

7 **der Halbschlaf** der Zustand zwischen Schlaf und Wachsein

Heidelberger Straße im Schnee

2

Mit großen Schritten läuft Emma in die Stadt. Sie hat am *Bahnhof* gefragt: Der nächste Zug nach *Stuttgart* fährt erst morgen.

„Aber wo schlafe ich eigentlich?“ Emma bleibt stehen, denkt kurz nach, nimmt dann ihr Handy und wählt die Telefonnummer ihrer früheren Gastfamilie. Es klingelt einmal, zweimal, dreimal …

„Niemand da … Und jetzt?“ Langsam geht sie weiter und biegt in die *Hauptstraße* ab. Rechts und links stehen sehr schöne historische Häuser und es gibt viele Geschäfte. Aber heute sind nur wenige

Menschen unterwegs. Bei diesem Wetter macht das Einkaufen keinen Spaß. Es schneit immer noch …

Plötzlich bleibt Emma stehen. Sie hat eine Idee.

„Na, klar! Ich bleibe über Nacht im *Hotel Ritter*!"

Sie läuft weiter Richtung Zentrum.

„Oh, dieser starke Wind … ist das anstrengend!", denkt sie.

Endlich kann Emma das Haus mit der roten Renaissance-Fassade sehen. Es ist eines der ältesten Gebäude in *Heidelberg*. Im 17. Jahrhundert war es sogar kurz das Rathaus der Stadt. Jetzt ist das „Haus zum Ritter" aber schon lange ein Hotel.

„Brrr … Ist das kalt! Schnell hinein!" Doch plötzlich erschrickt Emma. Da steht ein Mann vor dem Hoteleingang …

„Das ist doch der komische Typ aus der Bahn! … Was macht denn der hier?"

Am liebsten möchte Emma sofort umdrehen und schnell weggehen.

„Los jetzt! Wovor hast du Angst? Vorwärts!", sagt sie zu sich selbst.

Und schnell geht sie an ihm vorbei ins Hotel hinein.

„Ich hätte gern ein Zimmer für eine Nacht!", sagt sie laut zu einer blonden Frau an der Rezeption.

*

14 **die Fassade** die vordere Seite eines Hauses

Als Emma nach einer halben Stunde wieder aus dem Hotel kommt, schaut sie zuerst nach links und dann nach rechts. Niemand da. Sie atmet auf und lächelt.

„Und wohin jetzt?"

Nach wenigen Schritten ist sie auf dem *Marktplatz* und steht vor der *Heiliggeistkirche.* Es schneit jetzt weniger, aber der Wind ist immer noch sehr stark. Emma ist fast allein unterwegs.

„Und bei so einem Wetter mussten die Leute früher hier einkaufen ... nicht so bequem wie heute im Supermarkt", denkt sie.

In der Kirchenmauer gibt es kleine Ladenanbauten, wo früher Blumenhändler, Bäcker, Apotheker ... ihre Waren verkauften. Heute bekommt man dort Bücher und Souvenirs.

Emma schaut nach oben. Hoch über der Stadt ist das *Schloss* zu sehen.

„Da muss ich hin ...!"

Emma geht weiter zum *Karlsplatz.* Dort gibt es eine Bergbahn, die zum Schloss hinauffährt. Daran erinnert sie sich ...

16 **die Bergbahn** ein Zug, der auf einen Berg gezogen wird

Auf dem Weg dorthin kommt sie an dem kleinen Café ‚Gundel' vorbei. Im Schaufenster liegen große Biskuitkugeln mit weißer oder dunkler Schokolade. ‚Heidelberger Schlosskugeln' steht auf einem Schild. Emma bleibt stehen.

„Erst drei Uhr ... Dann hole ich mir schnell eine."

In der Konditorei ist es sehr voll. Aber drei Frauen verkaufen gleichzeitig und Emma ist schnell an der Reihe.

„Guten Tag. Was derfs denn soi?", fragt eine ältere Verkäuferin freundlich.

„Ich hätte gern eine Heidelberger Schlosskugel."

„Wie?" Die Verkäuferin hat Emma nicht verstanden. Es ist einfach zu laut. Emma beugt sich nach vorne. Ihre Handtasche stellt sie auf den Boden.

„Eine Heidelberger Schlosskugel, bitte!"

6 **die Konditorei** eine Bäckerei, in der man Torten und Kuchen verkauft – 8 **Was derfs denn soi?** *in Heidelberg für* Was darf es sein? Was hätten Sie gern?

„Hajoh, guud!“ Jetzt hat sie verstanden. „Kummt sofod!“

In dem Moment sieht Emma, wie eine Hand nach ihrer Tasche greift und sie wegnimmt.

„Halt – meine Tasche!“ Emma reißt die Arme hoch. Schnell schiebt sie andere Kunden weg und versucht zum Ausgang zu kommen.

Ein Mann ist schneller, er rennt zur Tür und läuft nach draußen. Aber da ist niemand.

Nur Emmas Tasche liegt vor der Konditorei im Schnee. Der Mann hebt sie auf und gibt sie Emma.

„Iss es die do?“, fragt er.

„Ja, danke!“ Emma nimmt ihre Tasche. Sie ist sehr aufgeregt und kann kaum atmen.

„Guggese gleisch mol. Fehld was?“, sagt der Mann.

Emma durchsucht zitternd ihre Tasche: Handy, Portemonnaie, Schlüssel, Kopfschmerztabletten, Notizbuch und ... ja, ganz unten ... das Päckchen ... das müssen die Papiertaschentücher sein ...

„Alles da! Nochmals vielen Dank!“, sagt Emma zu dem Mann. Sie atmet tief durch.

„Allaa, mache se's guud!“, sagt der Mann, lächelt und geht wieder in die Konditorei hinein.

„Was für ein Tag ...!“ Emma schüttelt den Kopf.

Jetzt hat sie keinen Hunger mehr. Emma schaut zum Schloss hoch. Es ist erst 15.30 Uhr, aber es wird schon dunkel.

„Also, los jetzt!“ Emma geht schnell in Richtung Bergbahn.

1 **Hajoh, guud!** *in H. f.* Ah, ja! – 1 **Kummt sofod!** *in H. f.* Kommt sofort! – 15 **Iss es die do?** *in H. f.* Ist es die (diese Tasche) da? – 21 **Guggese gleisch mol. Fehld was?** *in H. f.* Schauen Sie gleich mal. Fehlt etwas? – 22 **zitternd** vor Angst oder vor Aufregung kleine, unkontrollierte Bewegungen machen – 27 **Allaa, mache se's guud.** *in H. f.* Also, machen Sie es gut.

Bergbahn

3

In der Bergbahn sind nur wenig Leute: eine Mutter mit einem kleinen Kind, ein Pärchen, das sich umarmt und ein dünner Mann. Er sitzt vorne mit dem Rücken zu Emma. Er trägt einen Hut auf dem Kopf, darunter sieht man schwarze Haare …

„Das ist doch …“ Emma erschrickt, das Herz schlägt ihr bis zum Hals. Aber sie kann nicht weglaufen. Die Türen sind schon zu … „Was macht er hier? … Verfolgt er mich? … Warum …?“

13 **jemanden verfolgen** heimlich hinter einer Person hergehen

Plötzlich dreht sich der Mann um ...

„Nein, doch nicht!“ Emma lehnt sich zurück und macht kurz die Augen zu. Aber irgendwie ist sie nervös. Zuerst war da vor dem Hotel der Mann aus dem Zug, dann die Sache mit der Handtasche ...

Endlich ist die Bahn oben auf dem Berg. Emma steigt schnell aus.

„Brrr ... Ist das kalt!“ Sie zieht ihre Mütze tiefer ins Gesicht. Überall ist Eis. Man kann nur schlecht laufen.

Als Emma um die Ecke biegt, sieht sie schon die roten Mauern. Sie bleibt kurz stehen und schaut die Ruine an.

„Wirklich ein schönes Schloss ... so starke und dicke Mauern ...“

Durch das *Elisabethentor* geht sie in den Schlossgarten. Von der Terrasse aus hat man einen tollen Blick auf *Heidelberg*.

Unter der *Alten Brücke* fließt der *Neckar* ruhig in leichten Kurven durch die Stadt. Jemand aus ihrer Au-pair-Familie hatte Emma einmal erzählt, dass der Fluss früher im Winter sehr gefährlich war. Das Eis zerstörte immer wieder die Brücken. Und das Wasser floss in die Stadt und überschwemmte die Häuser.

Emma friert plötzlich. Außerdem ist es jetzt schon ziemlich dunkel. Sie dreht sich um und geht mit schnellen Schritten zum Eingang.

„Das Schloss macht bestimmt bald zu ...“

9 **die Ruine** die Reste eines historischen Gebäudes – 17 **überschwemmen** etwas komplett mit Wasser bedecken

Weinfass im Heidelberger Schloss

4

Im Schlosshof sind viele Touristen. Emma hört eine Gruppe von Jugendlichen diskutieren und lachen.
„Was für ein großes *Weinfass*!", ruft ein Mädchen.
„Ja – riesig! 220 000 Liter Wein! Wie lange der Fasswächter Perkeo wohl brauchte, um so ein Fass leer zu trinken?", fragt ein Junge und lacht.

6 **riesig** sehr, sehr groß – 7 **Perkeo** Der Zwerg aus Italien bewachte das Weinfass. Seinen Namen bekam er, weil er so viel trinken konnte. Immer wenn man ihn fragte, ob er noch ein Glas Wein trinken möchte, antwortete er „Perché no?" (ital. „Warum nicht?")

„Hm ... Warte – er trank 22 Liter am Tag, dann brauchte er ...", überlegt ein anderer.

„Hey, vergiss nicht, er musste auch mal schlafen!", ruft ein anderes Mädchen.

„Na, wenn er so lange schlief wie du, dann machte er nach einem Arbeitstag bestimmt immer drei Tage Pause ...", lacht der Junge.

Aber Emma läuft schnell weiter. Sie hat einen anderen Lieblingsort ... das *Deutsche Apothekenmuseum*.

„Zum Glück ist es hier drinnen wärmer als draußen", denkt Emma, als sie die Tür aufmacht. An einem Informationsstand sitzt eine junge Frau mit glatten, schwarzen Haaren und müden Augen. Sie telefoniert so aufgeregt, dass sie Emma gar nicht sieht.

„Es ist egal, ob alle anderen ins Kino gehen ... Du musst noch Mathe üben ... Nein, das ist wichtig! ... Ich kontrolliere es später ..."

„Gut, dass ich nicht mehr in die Schule gehe ...", denkt Emma und geht schnell weiter. Sie ist die einzige Besucherin heute.

*

Emma kommt das Museum viel kleiner vor als früher. Aber sie entdeckt viele interessante Kräuter …
Dann geht sie weiter in den Raum mit den alten medizinischen Geräten. An der Decke hängt dort ein ausgestopftes Krokodil. Es schaukelt leicht hin und her.
„Bestimmt sind die Fenster nicht richtig zu“, denkt Emma verärgert. Ihre Nase …
„In meiner Handtasche waren doch Taschentücher …“ Sie öffnet ihre Tasche und sucht …
„Da sind sie ja!“ Emma nimmt ein Päckchen aus ihrer Tasche …
„Ja, was ist das denn?“, fragt sie sich und runzelt die Stirn. Sie hat kein Päckchen Papiertaschentücher in der Hand, sondern irgendetwas … in Plastikfolie. Darunter weißer Stoff … etwas Hartes …
„Was ist denn das?“ Emma schüttelt den Kopf.
Sie nimmt den weißen Stoff weg …
„Die Zähne von einem Menschen …! Der Unterkiefer des ‚Homo heidelbergensis‘!“ Emma bleibt fast das Herz stehen.
„Wie kommt denn der in meine Tasche?“ Emma kann es nicht glauben. Sie kann kaum klar denken …
„Was passiert hier? Hat der Professor mir das Päckchen in die Tasche gesteckt? Aber er saß doch ganz ruhig auf seinem Platz, oder …?“ Emma kann kaum atmen.

2 **das Kraut, die Kräuter** Pflanzen zum Würzen und Heilen – 15 **runzeln** *hier:* in Falten legen

„Und jetzt? Am besten gehe ich zur Polizei … Nein, zuerst zur Information …!"

Schnell wickelt sie den Unterkiefer wieder ein und legt das Päckchen zurück in ihre Handtasche.

Mit großen Schritten geht Emma Richtung Ausgang. Plötzlich ist eine Hand auf ihrem Mund, zwei starke Arme halten sie ganz fest, sie kann sich nicht mehr bewegen, reißt die Augen auf, bekommt kaum Luft …

„Gib mir die Tasche!", flüstert ihr jemand leise ins Ohr. „Ich will dir nichts tun … Ich will nur die Tasche!"

Mit all ihrer Kraft versucht Emma sich zu befreien … versucht, sich zu drehen, um sich zu schlagen … dann endlich … schnell dreht sie sich um …

„Das ist doch wieder der Typ aus dem Zug!"

Schnell läuft sie die kleine Treppe neben sich hoch und rennt in den nächsten Raum.

Emma zieht mit großer Anstrengung die schwere Tür hinter sich zu und versucht abzuschließen … Es geht nicht! Die Schlösser sind zu alt. So fest sie kann drückt Emma mit ihrem Rücken gegen die Tür …

„Mach sofort auf!", sagt der Mann. Er drückt von der anderen Seite gegen die Tür.

„Er hat viel mehr Kraft … Was soll ich nur machen?" Voller Angst schaut Emma sich in dem halbdunklen Raum um.

„Mein Handy!“, denkt sie plötzlich. Sie holt es aus der Tasche ... Aber das Display leuchtet nur kurz auf.
„Der Akku ist leer ... Die Kälte ... Und jetzt? Lange kann ich die Tür nicht mehr zuhalten ...“ Emma ist sehr aufgeregt und weint fast. Auf einmal ist es auch ganz still. Der Mann hat aufgehört, gegen die Tür zu drücken.

5

„Mach sofort die Tür auf! Oder soll ich sie eintreten?“ Da ist sie wieder, die Stimme auf der anderen Seite der Tür.
Emma schlägt das Herz bis zum Hals. „Was kann ich nur tun?“
„Du hast keine Chance. Mach auf … sofort!“ Die Stimme wird lauter.
Emma hält ihre Handtasche fest und schaut sich im Raum um.
„Der Stuhl …“, überlegt Emma. Sie macht schnell einen kleinen Schritt nach vorne und stellt den Stuhl unter die Türklinke. So geht die Tür nicht mehr auf und Emma hat ein wenig Zeit …
„Die Fenster sind zu klein … und zu hoch.“ Emma denkt nach. „Ich kann nur durch die Tür raus …“

1 **eintreten** kräftig mit dem Fuß gegen etwas treten und es dabei kaputt machen

Aber plötzlich drückt der Mann von der anderen Seite wieder heftig gegen die Tür. Der Stuhl beginnt zu wackeln.
„Die Tür geht bald auf ... Was jetzt?"
Emma hat große Angst. Sie schaut sich um ... Um sie herum hängen und liegen überall Kräuter und Gewürze ... Da hat sie eine Idee: „Chili!"

Emma nimmt die kleinen, roten Chilischoten, die in einer Schale auf einem Holztisch liegen und zerdrückt sie mit ihrem Schlüssel.
Das Chilipulver versteckt sie in ihrer linken Hand. Dann stellt Emma sich hinter die Tür und wartet ...

2 **wackeln** nicht stabil sein, sich hin- und herbewegen

6

Plötzlich hört Emma eine Frauenstimme. „Endlich kommt die Frau von der Information …“, denkt Emma. „Was machen Sie da?“, schreit Inge Schmidt den Mann an. Sie ist sehr wütend. „Gehen Sie von der Tür weg!“ Der Mann lässt sofort die Tür los und geht zur Seite. „Meine Frau ist da drin … Ich weiß auch nicht, was sie hat, aber sie will nicht mehr rauskommen …“ Frau Schmidt geht zur Tür, drückt kurz dagegen … dann klopft sie: „Hey, was machen Sie da? Kommen Sie sofort raus!“ „Passen Sie auf! Der Mann ist gefährlich! Er hat mich überfallen!“, ruft Emma. „Hören Sie!“, flüstert der Mann. „Jetzt ist sie hysterisch.“

10 **überfallen** *hier:* eine Person angreifen, bedrohen – 11 **flüstern** sehr leise sprechen

„Warum passiert so etwas immer, wenn ich alleine bin und gerade Feierabend machen möchte ...", denkt Inge Schmidt. Dann dreht sie sich wieder zur Tür. „Machen Sie jetzt bitte die Tür auf!", ruft sie laut. Ihre Stimme klingt streng. „Wir können das sicher schnell aufklären."

Emma zieht den Stuhl weg und stellt sich ängstlich in eine Ecke des Raumes. Inge Schmidt öffnet die Tür und kommt herein. Der Mann hinter ihr nimmt einen Stock von der Wand ... schlägt ihn Frau Schmidt auf den Kopf. Alles geht sehr schnell ... Plötzlich liegt Frau Schmidt auf dem Boden und bewegt sich nicht mehr. Emma zittert vor Angst. Sie weiß, sie hat nur eine Chance.

„Okay, ich gebe Ihnen die Tasche", sagt sie leise und streckt dem Mann langsam die rechte Hand mit der Tasche entgegen. Die linke Hand versteckt sie hinter ihrem Rücken. Der Mann will die Tasche nehmen ... Emma holt schnell mit der linken Hand aus ... und wirft ihm mit Schwung das Chilipulver ins Gesicht. Der Mann schreit laut und hält sich die Hände vor die Augen. Emma rennt so schnell sie kann nach draußen ...

4 **streng** *hier:* hart, unfreundlich – 8 **der Stock** langer, dünner Gegenstand aus Holz – 16 **ausholen** *hier:* mit dem Arm eine große und schnelle Bewegung machen – 18 **der Schwung** eine Bewegung mit großer Energie und Tempo

7

Emma sieht nicht, wohin sie im Dunkeln läuft … im Schlosshof ist es ziemlich glatt … plötzlich fällt sie hin und liegt im Schnee. „Nur weg hier…“, denkt sie und steht rasch wieder auf. „Da drüben muss der Ausgang sein …“ Sie läuft weiter. Sie hat das Tor fast erreicht, da stolpert sie über einen Stein auf dem Boden. Emma fällt wieder … ihr Knie tut sehr weh. Und sie hat ihre Handtasche verloren …

„Wo ist sie nur? Ich muss sie finden!“ Sie sucht mit ihren Händen auf dem Boden … Auf einmal hört sie Schritte hinter sich. Sie dreht sich um und sieht eine große, dunkle Person … sie rennt direkt auf Emma zu. Emma fängt an zu weinen … Sie hat Angst, Schmerzen …

3 **rasch** schnell

da … etwas liegt auf dem Boden. „Meine Tasche …!" Die Schmerzen sind in dem Moment vergessen. Emma nimmt ihre Tasche, steht schnell auf und rennt aus dem Schlosshof … bis zur Bergbahn.

Niemand steht da. Die letzte Bahn muss schon abgefahren sein. Emma hört wieder Schritte … „Was soll ich tun? Vielleicht …?" Sie klettert über einen Zaun in den Tunnel. Dort gibt es einen kleinen Weg für Bauarbeiter.

„Es war doch nur eine Station bis *Heidelberg* … ich muss zu Fuß gehen …", überlegt sie. Aber der Weg ist nass und glatt … Hinter ihr ruft jemand leise „Hallo! … Hallo!"

Plötzlich bewegt sich alles … Der Tunnel vibriert. „Oh nein! Die Bergbahn kommt zurück! Was soll ich machen …"

Und die Stimme wird immer lauter: „Hallo! …"

6 **der Zaun** eine Barriere aus Metall oder Holz – 6 **der Tunnel** *hier:* der Weg der Bergbahn durch den Berg – 11 **vibrieren** sich schnell hin- und herbewegen, schwingen

8

„Hallo!“ Emma reißt die Augen auf. Neben ihr steht der Schaffner. „Hören Sie mich? Sie haben aber fest geschlafen …!“ Er sieht Emma freundlich an. Emma kann es kaum glauben. Geschlafen? Vor ihr sitzt Professor Vogt. Er hat immer noch die Zeitschrift in seiner Hand. Neben ihr steht ihre Handtasche auf ihrem Sitz. Als Emma aus dem Fenster schaut, sieht sie den Schnee auf den Feldern und Bäumen. Sie sind nicht mehr in *Heidelberg*. Der Zug fährt wieder.
„Geht es Ihnen gut?“, fragt der Schaffner. Er macht sich ein bisschen Sorgen … „Doch, doch … Danke!“ Emma lacht und nickt. „Ich muss nur wieder wach werden.“ Sie holt ihre Fahrkarte aus ihrer Tasche und gibt sie dem Kontrolleur.
Sie steckt die Karte wieder zurück in die Tasche. Gleichzeitig schaut Emma kurz nach hinten … direkt in das Gesicht des Mannes mit

1 **der Schaffner** der Mann im Zug, der die Fahrkarten kontrolliert

den schwarzen Haaren. Er schaut sie auch an. „Oh je!“, denkt Emma voller Angst. „Er schon wieder …!“

Da steht der Mann auf und geht direkt auf Emma und Professor Vogt zu. Vor den beiden bleibt er stehen und lächelt. Er ist sehr aufgeregt und hat ganz rote Ohren. „Guten Tag, Herr Professor Vogt! Sicher erinnern Sie sich nicht mehr an mich …? Ich saß manchmal in *Heidelberg* in Ihren Vorlesungen.“

Professor Vogt lächelt auch. „Ja, natürlich! Jetzt kann ich mich an Ihr Gesicht erinnern … Sie saßen immer in der ersten Reihe.“ „Oh ja! Ich liebe die Paläontologie! Leider waren meine Eltern damals gegen mein Studium … Ich sollte die Zahnarzt-Praxis meines Vaters übernehmen … Aber in meiner Freizeit habe ich immer Ihre Vorlesungen gehört. Ich freue mich so, Sie zu sehen …“

„Ich freue mich auch! Setzen Sie sich doch … Was ist denn Ihr Spezialgebiet?“ Die beiden beginnen über den Homo heidelbergensis zu reden. Da klingelt plötzlich Emmas Handy.

„Hallo …“ „Hey Emma, wo bist du? Ich stehe hier am Bahnhof und warte schon seit 20 Minuten auf dich …“

„Oh Beate, wir hatten Verspätung. Wegen des Schnees stand der Zug in *Heidelberg* einige Zeit. Aber in zehn Minuten müssten wir in *Stuttgart* ankommen.“ „In *Heidelberg*? Da könnten wir doch mal einen Ausflug hin machen, oder? Du interessierst dich doch sehr für das *Apothekenmuseum* im Schloss, oder?“

Emma fühlt sich ein bisschen komisch. „Ach, lass mich erst mal in *Stuttgart* ankommen, ja? Den Rest können wir ja dann zusammen planen.“

„Ok, bis gleich! Ich freue mich auf dich!“ „Bis gleich! Ich freue mich auch!“

7 **die Vorlesung,-en** ein Vortrag, den ein Professor an der Universität vor den Studenten hält

So sagt man in Heidelberg

Allaa, mache se's guud.	Also, machen Sie es gut.
Fehld was?	Fehlt etwas?
Guggese gleisch mol.	Schauen Sie gleich mal (nach).
Hajoh, guud!	Ah, ja!
Iss es die do?	Ist es die (hier: diese Tasche) da?
Kummt sofod!	Kommt sofort!
Was derfs denn soi?	Was darf es sein? Was hätten Sie gern?

Eigene Notizen

Das gibt es bei uns!

① Heidelberger Schlossfestspiele

In den Monaten Juni, Juli und August gibt es im Heidelberger Schloss eine besondere Attraktion: Ein Festival mit fast 100 Veranstaltungen. Das Programm ist sehr interessant und bunt gemischt. Für jeden Geschmack ist etwas dabei: Opern, Operetten, Liederabende, Schauspiel, Kinder- und Jugendtheater, Konzerte, Lesungen.
Highlight der *Schlossfestspiele* ist die Operette „Der Studentenprinz“: Ein junger Prinz verliert beim Studium in *Heidelberg* sein Herz an eine Wirtstochter und erlebt hier die schönsten Jahre seines Lebens.
www.heidelberger-schlossfestspiele.de

② Studentenkarzer

Auf der Rückseite der *Alten Universität* liegt der *Studentenkarzer*, ein Gefängnis nur für Studenten. Von 1778 bis 1914 wurden hier Studenten für „Kavaliersdelikte“ wie lautes Singen in der Nacht eingesperrt. Sie mussten zwischen drei Tagen und vier Wochen im Karzer bleiben, allerdings durften sie ihre Vorlesungen besuchen. Viele malten Gedichte oder Bilder an die Wände ihrer Zimmer. Diese „Kunstwerke“ kann man heute noch sehen.

③ Pfälzer Saumagen

Der ‚Pfälzer Saumagen', oft auch nur ‚Saumagen' genannt, ist ein traditionelles Gericht der Pfälzer Küche. Es besteht wirklich aus einem Magen, meist von einem Schwein, und wird mit einer speziellen Mischung aus Schweinefleisch, Bratwurstbrät und Kartoffeln gefüllt. Dazu kommen viele Gewürze wie Zwiebeln, Majoran, Muskat und Pfeffer. Dann muss der Magen in heißem Wasser ziehen. Serviert wird er in Scheiben geschnitten. Dazu kann man Kartoffelpüree und Sauerkraut essen. Auch Bratkartoffeln werden dazu empfohlen.

Fragen und Aufgaben zu den einzelnen Kapiteln

Kapitel 1

1. Was ist richtig? Kreuzen Sie an.

1. Wohin möchte Emma Mörk in Urlaub fahren?
A Nach Norwegen. ☐
B Nach Stuttgart zu ihrer Cousine. ☐
C Nach Heidelberg zu ihrer Au-pair-Familie. ☐

2. Wie fühlt sie sich?
A Sie ist müde, weil sie so viel gearbeitet hat. ☐
B Sie hat viel Energie, weil sie jetzt in den Urlaub fährt. ☐
C Sie ist traurig, weil in Deutschland so viel Schnee liegt. ☐

3. Warum fahren die Züge nicht weiter?
A Emma hat den falschen Zug genommen. ☐
B Es steigen zu viele Menschen in Heidelberg aus. ☐
C Es gibt zu viel Schnee. ☐

4. Für Professor Vogt war seine Zeit in Heidelberg so spannend, weil…
A er gerne an der Universität in Heidelberg gearbeitet hat. ☐
B so viel Bahn fahren konnte. ☐
C er mit dem Knochen des „Heidelbergmenschen“ forschen konnte. ☐

5. Emma fühlt sich unwohl, weil…
A der Zug nicht weiter fährt. ☐
B ein Mann mit schwarzen Haaren sie und Professor Vogt beobachtet. ☐
C Professor Vogt so viel redet. ☐

6. Warum bleibt Emma in Heidelberg?
A Weil sie die Universität in Heidelberg besuchen möchte. ☐
B Weil sie heute nicht mehr zu Beate fahren kann. ☐
C Weil sie ihre Au-pair-Familie besuchen möchte. ☐

2. Wie finden Sie Emma und Professor Vogt? Kreuzen Sie an.

1. Emma

- ☐ nervös
- ☐ fröhlich
- ☐ neugierig
- ☐ interessiert
- ☐ dumm

2. Professor Vogt

- ☐ langweilig
- ☐ offen
- ☐ ernst
- ☐ sympathisch
- ☐ intelligent

Kapitel 2

1. Was passiert? Bringen Sie die Sätze in die richtige Reihenfolge.

- ☐ Sie beschließt für eine Nacht im „Hotel Ritter" zu bleiben, aber vor dem Hotel sieht sie den Mann mit den dunklen Haaren aus dem Zug. Emma bekommt Angst.
- ☐ Als sie die „Heidelberger Schlosskugeln" im Schaufenster des Cafés Gundel sieht, bekommt sie Hunger.
- ☐ Im Café ist es sehr voll. Emma muss sehr laut sprechen, damit die Verkäuferin sie versteht. Ihre Handtasche stellt sie auf den Boden.
- ☐ Schnell versucht sie, die anderen Leute wegzuschieben und hinterher zu laufen. Ein Mann hilft ihr und findet die Handtasche draußen vor der Tür des Cafés.
- 1 Emma geht zu Fuß in das Zentrum von Heidelberg. Heute fahren keine Züge mehr und sie möchte einen Tag hier bleiben.
- ☐ Da merkt Emma, dass jemand ihre Handtasche wegnimmt.
- ☐ Am Nachmittag geht Emma zum Marktplatz in Heidelberg, zur Heiliggeistkirche, aber es ist sehr kalt und ungemütlich dort. Emma beschließt, zum Heidelberger Schloss zu fahren.
- ☐ Nach einem kurzen Moment geht Emma trotzdem weiter. Sie will nicht ängstlich sein und nimmt im Hotel ein Zimmer für eine Nacht.
- ☐ Jetzt hat sie aber keinen Hunger mehr. Sie möchte nur noch schnell zum Schloss.
- ☐ Emma kontrolliert die Handtasche: Handy, Portemonnaie, Taschentücher... alles ist noch drin.

2. Emma ist viel in Heidelberg unterwegs. Was ist richtig (👍) oder falsch (👎)? Kreuzen Sie an.

	👍	👎
1. Das „Hotel Ritter“ ist ein sehr altes Gebäude in Heidelberg.	☐	☐
2. Es ist auch das Rathaus der Stadt.	☐	☐
3. In der Kirche kann man Brot und Blumen kaufen.	☐	☐
4. In der Mauer der Heiliggeistkirche gibt es Ladenanbauten, wo Touristen Souvenirs und Bücher kaufen können.	☐	☐
5. „Heidelberger Schlosskugeln“ ist der Name einer Spezialität aus Heidelberg.	☐	☐
6. Zum Schloss fährt Emma vom Karlsplatz aus mit dem Bus.	☐	☐

Kapitel 3

1. Drei Ereignisse sind nicht geschehen. Welche? Notieren Sie.

Emma nimmt am Karlsplatz die Bergbahn. • In der Bergbahn sitzen noch andere Leute. • Plötzlich glaubt Emma, der Mann mit den schwarzen Haaren sei auch in der Bergbahn. • Emma bekommt Angst. • Dann sieht sie, dass es ein anderer Mann ist. • Sie ist erleichtert und muss lachen. • Oben auf dem Berg scheint die Sonne. • Als Emma zum Schloss kommt, geht sie zuerst auf die Terrasse. • Dort hat sie einen schönen Blick auf Heidelberg und den Neckar. • Emma macht ein paar Fotos von der Stadt. • Aber dann friert sie und geht schnell ins Schloss.

1. ______________________

2. ______________________

3. ______________________

2. Wie heißt das Gegenteil? Finden Sie die passenden Wörter im Text.

1. viel ____________________
2. einen anderen wegstoßen ____________________
3. sich beruhigen ____________________
4. hingehen ____________________
5. einsteigen ____________________
6. der Neubau ____________________
7. sicher ____________________
8. schwitzen ____________________
9. hell ____________________
10. langsam ____________________

3. Welche 10 Wörter passen zum „Schloss in Heidelberg"? Suchen Sie waagerecht und senkrecht.

R	O	T	P	R	Ö	Q	B	D	L
A	N	E	M	Ä	Z	Y	E	E	B
G	A	R	T	E	N	X	R	O	R
O	Q	R	U	I	N	E	G	U	Ü
I	M	A	U	E	R	N	B	V	C
F	M	S	N	S	B	T	A	W	K
L	O	S	L	Ü	A	Ö	H	Ä	E
U	H	E	I	N	G	A	N	G	W
S	J	I	Ü	K	G	B	J	V	K
S	P	S	T	A	R	K	U	F	C

1. Ergänzen Sie den Text mit den folgenden 12 Wörtern.

Angst • Handtasche • allein • überfallen • Papiertaschentüchern • unterwegs • machen • Wetters • Akku • Raum • Tür • rennt

Im vierten Kapitel besucht Emma das Deutsche Apothekenmuseum im Schloss von Heidelberg. Wegen des schlechten ______________(1) sind nur wenig Leute ______________(2). Im Museum ist sie ganz ____________(3). Nur die Aufsichtsperson am Informationsstand ist da. Aber sie telefoniert und sieht Emma nicht. Sie geht langsam durch das Museum. Aber im ____________ (4) mit den medizinischen Geräten wird ihr plötzlich kalt. Die Fenster sind nicht richtig zu. Emma sucht in ihrer Tasche nach ________________(5) – und findet den Unterkiefer des „Homo heidelbergensis". Sie kann es nicht glauben: Warum ist er in ihrer ________________(6)? Was soll sie jetzt ____________(7)? Emma beschließt, die Aufsicht um Hilfe zu bitten. Aber als sie aus dem Raum kommt, wird sie ______________(8). Ein Mann versucht, ihre Tasche zu klauen. Emma schafft es, sich zu befreien. Sie ____________(9) in einen neuen Raum und drückt die ____________(10) hinter sich zu. Der Mann folgt ihr und zieht an der Tür. Emma hat ____________(11). Sie holt ihr Handy aus der Tasche, aber der __________(12) ist leer …

2. Was denken Sie? Beantworten Sie die Fragen.

1. Wie kommt der Unterkiefer des „Homo heidelbergensis" in Emmas Handtasche?

____

____

____

2. Warum möchte der Mann die Handtasche?

____

____

3. Wie geht es weiter?

____

____

Kapitel 5

1. Was macht Emma? Wie ist die richtige Reihenfolge?

- ☐ sich im Raum umschauen
- ☐ die Chilischoten mit dem Schlüssel zerdrücken
- ☐ eine Lösung suchen
- [1] einen Stuhl unter die Türklinke schieben
- ☐ eine Idee bekommen
- ☐ hinter der Tür warten

2. Was passt zusammen? Ordnen Sie zu.

die Türklinke • die Kräuter • zerdrücken • der Chili • der Schlüssel

1. ein Gewürz, das sehr scharf ist ________________________
2. ein kleines Metallinstrument, mit dem man eine Tür auf- oder zuschließt ________________________
3. Man drückt sie hinunter, um eine Tür aufzumachen ________________________

4. Pflanzen, mit denen man das Essen würzt ______________________

5. klein machen ______________________

Kapitel 6

1. Was ist richtig (👍) oder falsch (👎)? Kreuzen Sie an.

	👍	👎
1. Plötzlich kommt Inge Schmidt, die Frau von der Information.	❏	❏
2. Frau Schmidt ist wütend und schreit den Mann an, er soll von der Tür weggehen.	❏	❏
3. Der Mann hat Angst vor Inge Schmidt und versucht wegzulaufen.	❏	❏
4. Er erzählt ihr, dass Emma seine hysterische Frau ist und sie sich eingeschlossen hat.	❏	❏
5. Durch die Tür warnt Emma Frau Schmidt und erklärt ihr, dass der Mann gefährlich ist.	❏	❏
6. Frau Schmidt glaubt Emma und ruft die Polizei.	❏	❏
7. Der Mann schlägt Frau Schmidt zu Boden.	❏	❏
8. Emma wirft dem Mann das Chilipulver ins Gesicht und läuft an ihm vorbei aus dem Raum.	❏	❏

2. Was wissen Sie über Inge Schmidt? Kreuzen Sie an.

1. Sie arbeitet an der Information des Deutschen Apotheken-museums. ❏
2. Sie möchte heute Abend noch ins Kino gehen. ❏
3. Sie möchte die Mathematikaufgaben ihres Kindes kontrollieren. ❏
4. Sie wohnt weit vom Schloss entfernt und möchte deshalb schnell nach Hause. ❏
5. Sie glaubt, Emma sei hysterisch. ❏
6. Sie hat keine Angst vor den beiden, sie fühlt sich nur genervt. ❏

Kapitel 7

1. Welche Wörter kommen nicht in dem Kapitel vor? Streichen Sie.

treten • Handtasche • Bergbahn • Schlosshof • suchen • finden • Schnee • Ausgang • Angst • Tunnel • vibrieren • stolpern • Treppe • schreien • Schmerzen • fallen • Menschen • Stimme • klettern • nass • Licht

2. Welche Erklärung passt? Verbinden Sie.

stolpern	1	A	ist es manchmal im Winter, da kann man leicht hinfallen
glatt	2	B	beim Gehen gegen etwas treten und dabei fast hinfallen
der Tunnel	3	C	ist es, wenn es geregnet hat
nass	4	D	ein Weg durch einen Berg

3. Was denken Sie? Beantworten Sie die Fragen.

1. Warum will der Mann Emmas Handtasche haben?

___

___

2. Warum läuft sie zu Fuß durch den Tunnel?

___

___

3. Warum bewegt sich auf einmal alles?

___

___

Kapitel 8

1. Wie ist die richtige Reihenfolge?

- ☐ Der Schaffner kontrolliert Emmas Fahrkarte.
- ☐ Ihre Cousine Beate fragt, wo sie ist. Sie wartet schon seit fast einer halben Stunde in Stuttgart auf den Zug.
- ☐ Emma bekommt einen großen Schreck.
- ☐ Professor Vogt erinnert sich an Rudolf Kuhn und ist begeistert: Die beiden fangen an zu diskutieren.
- ☐ Der Mann hinter ihnen steht auf und kommt zu Emma und Professor Vogt.
- ☐ Emma erzählt Beate von der Verspätung in Heidelberg.
- ☐ Beate schlägt vor, einen Ausflug nach Heidelberg zu machen. Aber Emma möchte erst mal in Stuttgart ankommen.
- [1] Emma wacht auf: Ihr Tag in Heidelberg war nur ein Traum.
- ☐ Er erzählt, dass er Rudolf Kuhn heißt und ein alter Student von Professor Vogt ist. Die Paläontologie ist immer noch sein großes Hobby.
- ☐ Als Emma die Fahrkarte zurücksteckt, sieht sie den Mann mit den schwarzen Haaren: Er sitzt hinter ihr und schaut sie an.
- ☐ Emmas Handy klingelt.

2. Was denken Sie? Beantworten Sie die Fragen.

1. Warum hat Rudolf Kuhn Emma und Professor Vogt beobachtet?

   ____

   ____

2. Wie geht es weiter? Was meinen Sie?

   ____

   ____

Fragen und Aufgaben zum gesamten Text

1. Sie kennen nun die ganze Geschichte. Wie ist die richtige Reihenfolge?

A
Emma fährt mit der Bergbahn zum Schloss. Plötzlich glaubt sie wieder den Mann mit den schwarzen Haaren zu sehen – aber es ist nur ein falscher Alarm! Emma ist aufgeregt und nervös. Auf dem Schloss geht sie ins „Deutsche Apothekenmuseum", aber auch da ist sie wieder fast allein. Als es dort auf einmal sehr kalt wird, sucht sie in ihrer Handtasche Papiertaschentücher – und findet den Unterkiefer des „Homo heidelbergensis"! Emma ist schockiert.

B
Emma Mörk sitzt im Zug nach Stuttgart. Sie möchte dort eine Woche Urlaub bei ihrer Cousine Beate Beck machen. Sie freut sich sehr darauf, denn die letzten Wochen waren sehr anstrengend. Aber in Heidelberg bleibt der Zug stehen: Es liegt zu viel Schnee. Emma beginnt mit ihrem Nachbarn zu reden, Professor Vogt. Er erzählt ihr, dass er früher in Heidelberg unterrichtet hat. Hier konnte er am Unterkiefer des „Homo heidelbergensis" forschen, einem sehr, sehr alten und wertvollen menschlichen Knochen.

C
Am Nachmittag macht Emma einen Spaziergang in die Altstadt. Das Wetter ist sehr schlecht und sie ist fast allein unterwegs. Über dem Marktplatz sieht sie das Schloss von Heidelberg und beschließt, dorthin zu fahren.

D
Auf dem Weg zur Bergbahn sieht Emma im Schaufenster des Cafés Gundel „Heidelberger Schlosskugeln". Sie geht hinein, um eine zu kaufen. Aber jemand versucht ihre Handtasche zu klauen. Emma rennt nach draußen – und findet die Tasche vor der Tür im Schnee. Glücklicherweise ist noch alles drin.

E
Emma ist begeistert. Sie findet den Professor sympathisch. Aber plötzlich merkt sie, dass sie und Professor Vogt von einem Mann mit schwarzen Haaren beobachtet werden. Emma mag ihn nicht ... Sie beschließt, noch ein wenig zu schlafen. Als sie aufwacht, ist sie allein im Zug. Der Zug fährt nicht weiter. Emma möchte deshalb eine Nacht im „Hotel Ritter" übernachten.

F
Im Schlosshof läuft Emma so schnell sie kann zur Bergbahn. Aber dort ist niemand mehr. Als Emma hinter sich Schritte hört, rennt sie in den Tunnel der Bahn und versucht, zu Fuß nach Heidelberg zu laufen. Aber plötzlich fängt der Tunnel an zu vibrieren. Emma hört hinter sich ein Rufen, das immer lauter wird – da wacht sie auf: Sie sitzt immer noch im Zug nach Stuttgart. Ihr Tag in Heidelberg war nur ein schlechter Traum.

G
Sie beschließt zur Museumsaufsicht zu gehen. Aber plötzlich wird Emma von hinten festgehalten. Der Mann mit den schwarzen Haaren versucht, ihre Handtasche zu klauen. Emma schafft es wegzulaufen, versteckt sich in einem Raum mit vielen Kräutern und macht die Tür hinter sich zu. Erst als die Aufsicht Inge Schmidt kommt, hat Emma den Mut, die Tür wieder aufzumachen. Aber der Mann schlägt Inge Schmidt zu Boden. Emma wirft ihm zerdrückte Chilischoten ins Gesicht – und rennt schnell nach draußen.

B, ...

2. Sie kennen nun alle Personen. Was passt zu wem?

Emma Mörk *Professor Klaus Vogt* *Dr. Rudolf Kuhn* *Inge Schmidt*

1. Er hat früher in Heidelberg Paläontologie unterrichtet. ______________
2. Sie ist manchmal genervt von den Besuchern des „Deutschen Apothekenmuseums". ______________
3. Er hat die Zahnarztpraxis seiner Eltern übernommen. ______________
4. Er fährt viel mit der Bahn. ______________
5. Sie ist sehr müde, weil die letzten Wochen so anstrengend waren. ______
6. Er hat früher in Heidelberg studiert. ______________
7. Sie findet Professor Vogt interessant. ______________
8. Sie will nach Hause, um mit ihrem Kind Mathematik zu lernen. ______
9. Sie hat viel Fantasie. ______________
10. Er ist schon lange in Rente. ______________

3. Was passt zum Heidelberger Schloss? Was passt zur Altstadt von Heidelberg? Ordnen Sie zu.

Hotel Ritter • Elisabethentor • der Neckar • die Alte Brücke • die Heiliggeistkirche • das große Weinfass • der Marktplatz • das „Deutsche Apothekemuseum" • der Schlosshof • der Schlossgarten • die Hauptstraße • der Fasswächter „Perkeo"

die Altstadt	***das Schloss***
______________	______________
______________	______________
______________	______________
______________	______________

Lösungen

Fragen und Aufgaben zu den einzelnen Kapiteln

Kapitel 1

1 1.B, 2.A, 3.C, 4.C, 5.B, 6.B
2 *Persönliche Meinung*

Kapitel 2

1 2, 5, 6, 8, 1, 7, 4, 3, 10, 9
2 1.r, 2.f, 3.f, 4.r, 5.r, 6.f

Kapitel 3

1 1. Sie ist erleichtert und muss lachen.
2. Oben auf dem Berg scheint die Sonne.
3. Emma macht ein paar Fotos von der Stadt.

2 1. wenig | 2. einen anderen umarmen | 3. sich erschrecken | 4. weglaufen | 5. aussteigen | 6. die Ruine | 7. gefährlich | 8. frieren | 9. dunkel | 10. schnell

3 **waagerecht:** rot, Garten, Ruine, Mauern, Eingang, stark
senkrecht: Fluss, Terrasse, Bergbahn, Brücke

Kapitel 4

1 1. Wetters | 2. unterwegs | 3. allein | 4. Raum | 5. Papiertaschentüchern | 6. Handtasche | 7. machen | 8. überfallen | 9. rennt | 10. Tür | 11. Angst | 12. Akku

2 *Persönliche Meinung*

Kapitel 5

1 2, 5, 3, 1, 4, 6
2 1. der Chili | 2. der Schlüssel | 3. die Türklinke | 4. die Kräuter | 5. zerdrücken

Kapitel 6

1 1.r, 2.r, 3.f, 4.r, 5.r, 6.f, 7.r, 8.r
2 1., 3., 5., 6.

Kapitel 7

1 treten, finden, Treppe, schreien, Menschen, Licht
2 1B, 2A, 3D, 4C
3 *Persönliche Meinung*

Kapitel 8

1 2, 9, 4, 7, 5, 10, 11, 1, 6, 3, 8
2 *Persönliche Meinung*

Fragen und Aufgaben zum gesamten Text

1 B, E, C, D, A, G, F

2 1. Prof. Klaus Vogt | 2. Inge Schmidt | 3. Dr. Rudolf Kuhn | 4. Prof. Klaus Vogt | 5. Emma Mörk | 6. Dr. Rudolf Kuhn | 7. Emma Mörk | 8. Inge Schmidt | 9. Emma Mörk | 10. Prof. Klaus Vogt

3 **die Altstadt:** Hotel Ritter, der Neckar, die Alte Brücke, die Heiliggeistkirche, der Marktplatz, die Hauptstraße
das Schloss: das Elisabethentor, das große Weinfass, das „Deutsche Apothekenmuseum“, der Schlosshof, der Schlossgarten, der Fasswächter „Perkeo“